# Goochelaar!

Ander werk van Ted van Lieshout:

*Raafs Reizend Theater* (1986)
*Kaatje Koe* (1987)
*De allerliefste jongen van de hele wereld* (1988)
*Ik ben een held* (1990)
*Giel heeft een geheim* (1990)
*Mijn botjes zijn bekleed met deftig vel* (1990)
*Majlent, jongen in meisjesdagen* (1991)
*Weggedaantje Stippelmuis* (1992)
*Wat: drink je? O, pies!* (1993)
*Toen oma weg was* (1993)
*Herrie* (1995)
*Gebr.* (1996)
*Mijn tuin, mijn tuin* (1996)
*Stil leven* (1998)
*Zeer kleine liefde* (1999)
*Het is een straf als je zo mooi moet zijn als ik* (2000)
*Klein groen koffertje* (2001)
*Papieren Museum* (2002)
*Luitje, Wimper & Pipet* (2003)
*Jij bent mijn mooiste landschap* (2003)

Ted van Lieshout

# Goochelaar!

Met tekeningen van Philip Hopman

Van Goor

STICHTING NEDERLANDSE
**KINDERJURY**
2005

ISBN 90 00 03582 1

© 2004 voor de tekst Ted van Lieshout
© 2004 voor de illustraties Philip Hopman
© 2004 voor deze uitgave Van Goor, Amsterdam
omslagillustratie Philip Hopman
omslagtypografie Ted van Lieshout en Marieke Oele
www.van-goor.nl

Snoet rende naar de deur.

Hij zwiepte met zijn staart.

Hij blafte blij, want pap was thuis.

Pap kwam binnen.

Hij had honger.

'Ik moet drie koekjes hebben,'

zei hij, 'anders sterf ik.'

Ik gaf hem er één.

'Drie is te veel,' zei ik.

Het tweede koekje was voor mij.

Snoet kreeg de helft van het derde koekje.

De andere helft at ik zelf op.

Pap ging op de bank zitten.
Hij bekeek de post.
'Er is een brief voor jou,' zei hij.
'Voor mij?' vroeg ik verbaasd.
Ik krijg nooit post.
Behalve op mijn verjaardag.
Maar ik was niet jarig.

Ik pakte de brief aan.
Mijn naam stond erop.
Ik maakte hem gauw open.
*Je verre oom is dood*
stond erin.

'Mijn verre oom is dood,'
zei ik tegen pap.
'Jouw verre oom?
Dat moet oom Gijs zijn.
Een andere verre oom heb jij niet.'
'Ik ken geen oom Gijs,' zei ik.
'Oom Gijs heeft jou maar één keer gezien,'
zei pap. 'Jij lag nog in de wieg.
Toen is hij naar Japan verhuisd.'
'Om mij?' vroeg ik.
'Dat moet haast wel,' grapte pap.
'Wat staat er in de brief?'

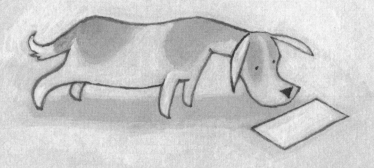

Ik las voor:
'Het is erg dat je verre oom dood is.
Maar er is ook iets fijns.
Je erft iets van je verre oom.
Het komt per post naar je toe.'

'Wat spannend,' riep pap.
'Staat er nog meer in de brief?
Iets over mij?
Erf ik ook iets?'
Ik schudde mijn hoofd.
'Er staat verder niks in,' zei ik,
'alleen *Hoogachtend*.'
Pap zocht tussen de andere post.
Hij wilde ook iets erven van oom Gijs.
Maar nee, geen brief.

Er werd gebeld.
Ik holde naar de deur.
Daar stond de postbode.

Hij had een groot pak bij zich.
Het was te zwaar voor mij.
Pap kwam helpen.
Hij sleepte het pak naar binnen.

Er was een brief bij.
Er stond in:
*Dit erf je van je verre oom.*
*Veel plezier ermee.*
*Hoogachtend.*

Ik scheurde het papier eraf.
Er zat een kist in het pak.
Ik wilde het deksel omhoog doen.
Maar de kist zat op slot.
En nergens was een sleutel te vinden.

'Ik weet al wat,' riep pap.
Hij holde naar de schuur.
Toen kwam hij terug met zijn timmerkist.
Zijn timmerkist vol gereedschap.
Hij sloeg met een tang op het slot.
Hij pulkte erin met een priem.
Hij draaide een schroef los
en toen weer vast.
Hij zaagde een stuk ijzer van het slot door.
Hij vijlde en timmerde een halfuur.
Toen was de kist nog steeds potdicht.
Jammer.

'Kijk nog eens in de brief,'
hijgde pap, moe van het werk.
'Ergens moet toch een sleutel zijn?
Kijk eens in de envelop.'
Ik keek erin.
'Hoera,' riep ik, 'hier zit hij in.
Dat had ik eerst niet gezien!'
'Nou moe,' zei pap.
Hij plofte neer op de bank.
'Had je niet meteen goed kunnen kijken?'

Ik stak de sleutel in het slot.
Toen draaide ik hem om.
Het slot piepte een beetje.
Het deksel ging omhoog.
Ik zag vreemde spullen in de kist:
een zwarte hoed en een strikje.
Ik zag ook een stokje...

'Pap, was mijn verre oom soms
goochelaar?'
'Ja, dat klopt,' zei pap,
'hoe weet jij dat?'
'Nou, dit is een goochelstok.
Volgens mij erf ik een goochelkist!'
'Wat leuk,' zei pap.
'Als je oefent, kun je goochelaar worden.'
'Dat is inderdaad een erg leuk beroep,' zei ik.
Ik zocht in de kist naar een leerboek.
Niets. Nergens een boek te vinden.
'Hoe kan ik nou goochelaar worden
als ik niet weet hoe?'
'Dat zoek je zelf maar uit,' zei pap.
'Oom Gijs gaf de kist aan jou.
Aan mij gaf hij niks.
Niet eens een euro.
Niks. Nog geen cent.'

Ik zette de zwarte hoed op.
Hij was te groot, maar het ging.
Het strikje deed ik om.
Toen zwaaide ik met het stokje.
Er gebeurde niets.
Ik zette de hoed af en keek erin.
Er zat geen konijn in.
Ook geen duif.
Zelfs geen bos bloemen.

Ik tikte met het stokje op de rand.
Ik keek opnieuw in de hoed.
Niets te zien.
Ik zei plechtig:
'Simsalabim!...
Hocus pocus pas!...
Abracadabra!...'
Niks hoor.

'Weet je wat ik denk, pap?
Ik heb mijn eigen broek en trui nog aan.
Dat werkt natuurlijk niet.
Koop een goochelpak voor me.'
'Nee hoor,' zei pap.
'Daar begin ik niet aan.
Jouw verre oom gaf mij niets.
Dus ik heb geen geld voor een goochelpak.'

Ik keek nog eens in de kist.

Misschien lag het leerboek onderin.

Ik duwde de kist op zijn kant.

Alle spullen vielen eruit.

Toen zette ik de kist leeg terug.

Aha, daar plakte een stuk papier aan de bodem.

Er stond iets op:

Zaag een weesmeisje door

Leg een weesmeisje in de kist.
Doe het deksel dicht.
Neem de zaag.
Zaag de kist doormidden.
Het weesmeisje is doorgezaagd.
Laat de twee helften zien aan het publiek.
Zet de helften weer tegen elkaar.
Doe het deksel open.
Laat het weesmeisje uit de kist stappen.
Ze is weer heel!

'Pap, ik moet een weesmeisje hebben.'
'Een weesmeisje?' vroeg pap.
'Waar haal je een weesmeisje vandaan?
Ik ken geen weesmeisje.
Ik ken maar één wees.
Dat ben ik zelf.
Mijn ouders zijn dood.'
'Och,' zei ik,
'met een weespapa lukt het vast óók wel.
Pap, jij moet in de kist!'
'En dan?' vroeg pap.
'Dan zaag ik jou door.'
'Ik kijk wel uit,' riep pap.
'Dat doet veel te veel pijn!'
'Het doet geen pijn,' zei ik,
'want het is een truc.'
'Nou, goed dan,' zei pap.

Pap ging in de kist.

Snoet was het publiek.

Zijn staart zwiepte heen en weer.

Zo spannend vond hij het.

Ik deed het deksel dicht.

Paps hoofd stak nog uit de kist.

En zijn voeten staken uit de andere kant.

Ik pakte de zaag.

Ik schraapte mijn keel en zei plechtig:

'Hoogachtend publiek!'

'Nee, dat zeg je verkeerd,' zei pap.

'Het is: hooggeëerd publiek!'

'O ja.

Hooggeëerd publiek!'

Snoet zwiepte nog harder met zijn staart.

'Thans zaag ik een weespapa door!'

Toen zaagde ik.

De kist moest doormidden.

Pap schreeuwde en gilde.

Het klonk net echt!

Hij hapte naar adem en zei:

'Ik klaag niet graag, maar het voelt raar!'

'Niet zeuren,' hijgde ik.

Het was zwaar werk, maar het lukte.

Ik schoof de helften van de kist uit elkaar.

Zo liet ik aan Snoet zien dat het echt was.

De hond begreep er niets van.

Hij jankte een beetje.

Toen schoof ik de helften weer tegen elkaar.

Ik deed het deksel omhoog.

'Tadaaa!' riep ik trots.

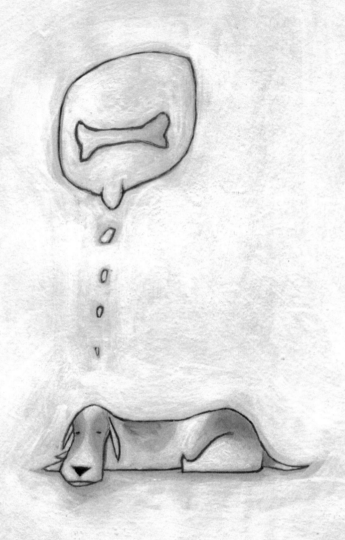

Maar pap stond niet op.
Hij stapte niet uit de kist.
'Pap,' siste ik,
'kom er nou uit!'
'Ik, ik,' stamelde pap,
'ik kan niet!'
'Doe niet zo flauw, pap.
Straks loopt het publiek weg.'
Snoet keek al naar links.
Hij keek al naar rechts.
Hij keek al achterom.
Maar niet meer naar ons.
Hij vond het saai.
Hij gaapte en dacht:
had ik maar een bot.

'Pap, kom op nou,' zei ik boos.

'Stel je niet zo aan.'

'Ik stel me niet aan,' riep pap.

'Ik kan er gewoon niet uit!'

Toen keek ik in de kist.

Ik schrok van wat ik zag.

De truc was mislukt.

Pap was doormidden.

Hij lag in twee stukken.

Maar gelukkig bloedde hij niet.

'O pap,' riep ik,

'je bent echt doorgezaagd!'

Pap voelde met zijn handen.

'Wat een stomme truc,' riep hij.

'Jij bent een goochelaar van niks!'

'Eh, dat komt,' zei ik,

'omdat ik geen goochelpak kreeg.'

'Wat een onzin!' riep pap.

'Nou, dan komt het,' zei ik,

'omdat jij geen weesmeisje bent.'

Ik beet op mijn lip.

'Heb je pijn, pap?'
'Nee,' zei pap.
'Raar genoeg heb ik nergens pijn.'
'Dan,' zei ik,
'is de truc niet helemaal mislukt!
Een doorgezaagd persoon heeft pijn.
Jij niet.
Een doorgezaagd persoon bloedt erg.
Jij niet.
De truc is dus half gelukt.
Ik ben een halve goochelaar.
Dat denk ik.'

'Wat treuzel je nou,' riep pap.
'Doe iets!
Ik heb heimwee naar mijn onderkant.
En mijn onderkant mist mij ook al.
Maak mij weer heel,
jij halve goochelaar!'

Ik zocht tussen alle spullen uit de
goochelkist.
Maar niks hoor.
'Er is geen ander recept,' zei ik.
'Er is alleen:
*Zaag een weesmeisje door.*
Nergens is een briefje met iets anders.
Weet je wat?
Ik bel het nummer van het alarm.
Daar weten ze wel hoe het verder moet.'
'Dat is een goed plan,' zei pap.
'Maar help me eerst uit de kist.
Ik ben moe van het liggen.'

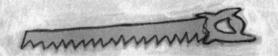

Ik sleepte papa's onderkant uit de kist.
'Jij bent half nog erg zwaar,' hijgde ik.
Ik zette hem recht omhoog.
'En nou ik,' zei papa's bovenkant.
Ik sjouwde hem uit de kist.
'Nou ben ik met zijn tweetjes,' zei pap sip.
Hij keek droevig naar zijn onderkant.
Hij aaide zijn eigen knie.
Snoet likte zijn andere knie.

Ik belde het alarm.

'Mijn papa is kapot,' riep ik.

'Hoe komt dat?' vroeg het alarm.

'Ik heb hem doormidden gezaagd,' zei ik.

'Waarom?' vroeg het alarm.

'Was het voor straf?'

'Eh, nee,' zei ik.

'Deed je het expres?

Want dan moet je de politie hebben.'

'Nee, het was per ongeluk.'

'Dan stuur ik meteen hulp,' zei het alarm.

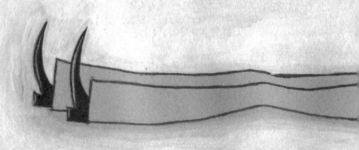

Toen haalde ik gauw pleisters.
Voor eerste hulp bij ongelukken.
Ik rolde pap op de vloer.
Met pleisters plakte ik zijn twee helften
aan elkaar.
Dat had pap mij zelf geleerd:
als iemand in nood is,
dan geef je noodhulp.
Dat deed ik dus.

Ik hoorde de ziekenauto al.

Er kwamen broeders binnen.

Ze knielden bij pap neer.

'Heeft u erge pijn?' vroegen ze.

'Nee hoor,' zei pap.

'Echt niet?' vroeg de broeder.

'U bent doormidden!' zei de andere broeder.

Pap zei: 'De truc is mislukt.'

'Nee, half gelukt,' zei ik.

'Ik wil goochelaar worden.

Daarom zaagde ik een weespapa door.'

'Dan kunnen wij niets voor u doen,'

zeiden de broeders.

'Wij hebben geen dokters die trucs kennen.

U moet een vakman bellen.

Misschien dat een goochelaar iets kan doen.

Goedendag!'

Toen gingen ze weg.

Ze lieten pap achter op de vloer.

'Maar, maar...
Mijn papa moet weer heel,' riep ik.
Ik was niet blij.
Pap was door de helft.
In twee stukken was hij kleiner dan ik.
Dus daar had ik niks aan.

'Pak de Gouden Gids eens,' zei pap.
Ik haalde de gids en gaf hem aan pap.
Hij begon wild bladzijden om te slaan.
Op zoek naar een goochelaar.

'Waf,' deed Snoet.

'Wat is er, Snoet?' vroeg ik,

want *waf* kan heel veel betekenen.

'Waf waf,' blafte Snoet.

Dat was honds voor:

Kom hier!

Ik liep naar Snoet.

Hij pakte iets van de grond

en hield het in zijn bek.

Het was de zaag.

Of nee, het was de zaag niet.

Niet de zaag waarmee ik pap had

doorgezaagd.

Ineens snapte ik het.

Ik had de verkeerde zaag gebruikt!

Niet die uit de goochelkist,

maar de zaag uit de timmerkist van pap.

Wat stom van mij!

Ik wist meteen wat ik moest doen.
'Zeg pap...'
'Nou niet,' snauwde pap.
'Ik ben aan de telefoon.'
Ik hoorde pap zeggen:
'Nou, ik vind het erg flauw
dat u de truc niet uit wilt leggen!'
Hij smeet de telefoon neer.

'Ik heb een plan, pap.

Ik zal jou redden.'

'Dat kun jij niet,' riep pap.

'Jij bent een mislukte goochelaar!'

'Nee, een half gelukte,' zei ik.

'Doe nou maar wat ik zeg, pap.'

Ik hielp pap terug in de kist.

Zijn onderkant eerst.

Ik schoof de helften tegen elkaar.

Toen deed ik het deksel weer dicht.

'Wat doe je?' vroeg pap.

Ik pakte de goede zaag: de goochelzaag.

'Ik zaag nog een keer,' zei ik.

'Wat heeft dat voor zin?

Dat helpt toch niet,' zei pap.

Hij slaakte een diepe zucht.

Ik zaagde en zaagde en zaagde.

'Voel je iets?' vroeg ik.

'Nee,' zei pap, 'ik voel niks. Hi hi.'

Ik zaagde langzaam door.

'Hi hi,' deed pap opnieuw.

'Ik voel gekriebel.

Ik voel een kriebel in mijn buik.

Alsof ik moet plassen.

Hoe kan dat nou?'

Toen was ik uitgezaagd.

Langzaam deed ik het deksel omhoog.

Was de truc gelukt?

Was pap weer heel?

Pap voelde aan zijn lijf.

'Ik geloof...' zei pap.

'Ik geloof dat ik weer aan elkaar ben...'

Pap kwam rechtop zitten.

Hij kon het weer zelf!

'Je hebt mij héél gemaakt,' juichte pap.

'Hoera!'

Hij klom uit de kist.

Hij danste en sprong.

'Hoe kwam je op het idee?' vroeg pap.

Snoet blafte.

Gelukkig verstond pap het niet.

'Ik heb het zelf bedacht,' zei ik.

'Wat slim van jou,' riep pap.

'Jij bent een echte goochelaar!'

'Dat klopt,' zei ik.

'Pak maar een koekje,' riep pap nog.

Toen huppelde hij naar de wc.

Ik pakte de trommel

en nam er drie koekjes uit.

Eén voor Snoet.

Eén voor mij.

En één voor Snoet.

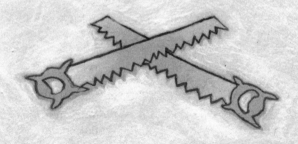